고려인 만두

박태건

꽃씨 속에는 어떤 색이 숨어 있는지
고목에는 어떤 울음이 새어 나오는지
나는 모르네
풀들은 바람의 방향으로 몸을 누이고
새들은 집 지으러 파란 하늘을 나는데
무량사 술집에 앉아
지난봄 강물에 띄워 보낸
누이의 고운 눈썹이
어디쯤 흘러가는지
나는 아직 모르네

사랑하는 이여
사랑하는 이여
그러면 안녕

2025년 겨울
박태건

고려인 만두

차례

1부 근황

2부 희고 따숩고 보드라운

3부 육백 년 동안의 고독

4부 꽃이 있던 자리

발문

1부
근황

남쪽

비 갠 아침엔
새가 와서
운다

어머니는 어릴 적 귀를 앓아
아침부터 우는
새의 사정을 몰랐다

남쪽은 비
봄비 오는 나라

없는 사람의 말투를
생각하는 동안에
비는 내리고
새는 울고
젖은 가지 끝에
제 이름을 떨구어
흘러가는 곳을 생각하며

귀신사*

　때론 견디면 견뎌진다는 말씀 여승은 독경을 한다 찻
잔 속에는 여인의 전생처럼 앙상한 나무 한 그루 자란다
법당에 들어온 새 한 마리 연옥의 입구인 줄도 모르고
목 부러질 청춘아 오죽 급했으면 끄덕거릴 옛이야기를
지운다

　바람이 분다 이름 없는 것들이 이를 드러내고 웃는다
찻잔 속에선 다리 뻗을 수 없다 집 없이 사는 아버지와
방 없이 사는 까치 가족의 겨울나기는 허공에 닻을 내
린다 제비를 뽑는 사람들처럼 흐린 하늘을 움켜쥔 나뭇
가지가 굵은 손마디를 꺾는다

*전북 김제시 금산사의 말사.

꽃을 주세요

당신은 여름이 아니면 겨울
흰 꽃을 주세요
데인 입술 같은 초경 같은
붉은 꽃은 말고
검은 강물 머리에
흰 꽃이에요

백합의 골짜기보다
갯내 나는 해변이 좋아요
무너진 잔해 속에
검은 천막 사이에 언뜻
흰 목덜미 같은 꽃이에요

우주를 항해하는
별들의 언덕에 심을
환하게 외로운 꽃씨 말이에요

오디의 계절

오월의 나무 아래에는 등 굽은 노인이 있다

노인에게는 농기구처럼 굽은 손가락이 있다

노인의 손가락에는 잘 익은 검붉은 오디가 있다

시고 달콤한 대지의 애벌레 같은

오디의 어둠 속에는

첫 만남의 떨림이 있다

어린 열매를 고이 받아 든 뿌리가 있다

수로를 기어간 뱀의 구불구불한 길이 있다

뒤꿈치를 들고 지나간 발자국이 있다

열매의 흥분이 가라앉길 기다리는

새소리가 있다

8월
—이 회색 도시에 연꽃 항구가 있다는 것

초록의 돛을 단 멋진 배들이 연꽃 항구에 닻을 내리오 마디진 손을 잡고 안부를 주고받는 건 회색 도시의 오래된 예절 눈이 많은 서쪽 항구의 갯메꽃 핀 해변을 걷는 아름다운 종아리의 아가씨들

연꽃 항구에서는 구름이 몰려와도 두렵지 않소 비가 내리면 우아하게 왈츠도 출 수 있을 거요 (가끔… 상대의 발을 밟기도 했던) 물오리들은 수면 위로 물음표를 띄우고 푸른 무도회를 보러 올 거요

호기심이 있다는 것은 관심이 있다는 것 미지의 여행을 할 준비가 됐다는 의지의 표명 이 회색 도시에 연꽃 항구가 없다면 얼마나 서먹할 것이오 먼 나라로 소식을 나르는 우편선을 보며 노인들은 8월의 밤을 연금처럼 헤아릴 것이오

은단 씹는 남자

이것은 세상의 끝 얼음 벼랑에 자라는 은단 나무에 관한 얘기다 냄새를 증오하는 심심 씨에 대한 보고서다 실직과 이혼과 가출이 삼각파도로 덮칠 때 금연과 다이어트를 주문처럼 외우지만 창틀에 말라붙은 입김과 비염처럼 막히는 세면기와 한쪽만 사라지는 양말의 알리바이를 알지 못한다

심심하고 심심한 날이 지나갔다 혼자 있는 시간이 늘어날수록 냄새는 지독해졌다 씹을 것이 혀밖에 남지 않았다고 썼으나 언론에 보도되진 않았다 은단이 온 것은 그때다 해소와 기침 가래가 365 방향으로 파도치며 365.2422의 양성 반응을 발생시켰고 은단은 냄새를 감추는 데 급급하다(다음은 심심 씨의 처방전이다)

심심 씨는 음식을 끊는다(끊어야 한다)
심심 씨는 은단을 먹는다(먹어야 한다)
방문을 열면 쇠릿쇠릿한 은단 냄새가 났다
은둔자의 경계처럼 거북이의 똥 같은 은단 알들이 방 안의 경계를 씹어 먹고 있었다

코시코스의 우편마차

우레 속에서 말수 적어진 잎들을 본 적 있나요?
하늘로 내지른 손가락으로 구름 건반을 두드리는 반
항아 말이에요 가로등 불빛에 동봉해 몇 자 적어 보내오.;

분류가 잘된 책장에서 책등을 읽으며 차를 마셨으면,
낮아지는 황도와 낡은 호마이카 책상에서 문자를 주고
받던 여자아이에 대해 언제나 개점 휴업 중인 별빛 카페
에 대해, 해바라기 아저씬 지팡이로 길을 읽네요 만취한
바람이 다가와요 편지를 대신 읽어 드릴까요? 긴 목을 빼
고 담 밖을 보는 충혈된 가로등은 영화를 너무 많이 본
것 같군요

비바람 부는 날에도 마차는 달려가요, 달려가요 기다
리는 편지가 오지 않을 땐 고개를 돌려요 골목의 모퉁이
마다 전봇대의 전선은 엉켜 있죠 이곳은 취한 말들의 나
라 슬픔과 외로움은 주소가 같아요 골목은 지도에서 지
워지고 그곳에 뭔가를 두고 온 것 같은데 통, 기억이 나지
않아요 오늘도 같은 곡을 연습해요 반복 또, 반복이지요

고양이와 자자

고양이 이름은 방울이인데 사람 나이로는 여든이 넘는다 구멍 숭숭 난 방충망에 걸려든 벌레를 화장지에 싸서 버리면 방울이는 눈을 동그랗게 떴다가 다시 엎드린다 방울이가 다가오면 나는 못 본 척 다른 데를 보는데 몸을 비비거나 발등에 엎드린다 모른 체하는 것은 오래된 습관이다 고양이는 나를 탕진시키기 때문이다

요즘 고양이는 울지 않으며 쥐를 잡지도 않는다 쥐는 깜박이는 모니터 속에 있다 쥐가 헤집고 다니는 밤이면 고양이는 담 너머를 궁리한다 어떤 존재는 별처럼 빛나고 어떤 계절은 고양이 꼬리처럼 잡을 수 없다

휴일이면 방울이는 하품하고 나는 뒹굴뒹굴한다 우리는 점점 닮아 간다 고양이 이름은 방울이인데 아무도 방울을 본 적은 없다

환幻

오후 세 시를 물고 개미 떼가 간다 참치 캔을 지나 음
료수 깡통까지 오후 네 시를 구부려 간다 개미 떼가 몰
려간 네 시 너머엔 병정개미가 경비를 선다 어떤 개미는
침을 뱉는데 침을 맞으면 부풀어 오르고 개미처럼 핥게
된다 찌그러진 깡통 나라에서는 찌그러진 만큼 힘을 갖
는다

달달한 것을 입에 묻힌 채 한 무리의 개미 떼가 음료
수 캔 밖으로 기어 나온다 개미의 시간이 토해진다 손가
락 새로 빠져나가는 모래처럼 개미 왕국에서는 한 방울
의 달콤함으로 하루의 고단함을 견딜 수 있다 개미 한
마리가 사라진 자리는 곧 다른 개미로 대체된다 지난
일이 정말 지나가 버린 것처럼

학원 버스에서 막, 내린 아이가 기억 안에서 기억 밖
으로 깡통을 날린다 개미 부족의 환幻이 포물선을 그린
다 지구의 원주율이

귀歸

그 집은 방은 많아도 침대는 하나죠 나뭇잎을 들추
면 고양이 뼈가 맞춰지는 소리가 나요 은근한 제안도 있
었지만 나가지 않았어요 보기보다 예민하거든요 새소
리가 나면 창을 열어요 일어날 때는 이불을 반듯이 개
고 나와요 세상일은 모르잖아요

반쯤 열렸다는 건 반쯤 닫혔다는 뜻이죠 바람은 차
고 얼굴은 얼어 가슴을 숙이고 걷다 보면 어느새 집으
로 돌아가고 있었죠 바람은 언덕 위로 흰 구름을 밀어
올리고 새들은 날아갈 준비가 되어 있죠 문득 길냥이
한 마리가 내 발 사이로 들어왔어요 처음엔 쓰다듬어
달라는 줄 알았는데 쓸어 주는 걸 알게 되었어요 풀 한
포기를 찾아 언덕을 더듬는 바람처럼요

근황

흐린 날엔 웅포 금강에 간다 물수제비를 띄우면 어떤 날은 경쾌하고 어떤 날은 쓸쓸하다 함부로 뱉어 낸 것을 덮으려는 듯 눈은 내려 시린 발자국에 제 발자국을 찍으며 언덕에 쓰레기장에 애쓰고 싶지 않은 마음에 열렬하게

흐린 날에는 베개 밑에 강이 흐른다 어떤 자세는 잠이 오고 어떤 생각은 잠을 깬다 학교를 나오자 진짜 공부가 시작됐다
손봐 주겠다는 말은 손잡고 싶다는 뜻은 아니다

눈 오는 밤에는 외로운 혼이 흰 눈을 밟고 하늘로 오르는 것 같다 잎을 다 떨군 나무가 벌서는 것처럼 가지를 치켜든다 가장 높은 곳에 뭔가를 내려놓으려는 듯,

숲은 아무도 초대하지 않았네

숲으로 난 길은
반송된 편지처럼 구겨져 있네
그곳의 공무원은 시인이라지
공터에는 술병이 굴러다니고
취한 나뭇가지들은 허공에 현란한 칼자국을 긋네
나뭇잎은 바람의 속기사
꽃들은 함부로 몸을 허락하는 듯 보이네
도시에서 날아온 몇 가지 추문들로
숲은 술렁였네
침엽수들은 일제히 화살을 쏟아 내고
활엽수 잎들은 몸을 뒤집네
여린 풀잎일수록 바람에 비껴 서는 법을 배우지
호기심 가득한 바람이 불면
숲은 단호하게 도리질하네
잘못 난 길을 지워 버리기라도 할 듯이

내비게이션을 꺼요

첫, 빗방울이 닿으면 언제쯤이에요? 견딜 수 없을 때
가 바퀴는 자꾸 정지선을 넘어가려 하고 속도에, 익숙해
지지 않을 땐 중력을 생각해요 빗방울의 키스처럼

길에서 헤매는 건 오래된 습관이지요 익숙한 것들은
그래요 가다 지나치고 넘어가고 돌아보고 문득, 젖는 것

내비게이션은 경고음을 울려요
80킬로 이하로 안전 운전 해 주세요
50킬로 이하로 안전 운전 해 주세요
30킬로 이하로 안전 운전 해 주세요

비는 내리고 물리의 법칙은 자주 어긋나요 어긋나는
게 반칙이죠 범칙금도 없이 과거로 가요

비 오는 날에는 내비게이션을 꺼요 차창에 달라붙은
혀 같은 젖은 잎의 첫, 키스를 생각해요

붕따웃*

붕따웃은 작은북인데 슬플 땐 우는 소리를 낸다 춤
추는 여인은 손바닥을 잔뜩 젖히며 대나무처럼 휘어진
다 구부러지는 것은 신의 언어를 그리는 것이다

오까사 – 오까사 – 나모 따사

붕따웃은 소리가 멀리까지 퍼지는 북인데 한 마을에
서 북을 치면 이웃 마을의 북이 따라 울려 결국엔 온 나
라가 북소리로 가득하다고 했다 옆 사람에게 무슨 일인
지 물어보자 자신의 장례식이라고 했다

오까사 – 오까사 – 혼뚜

붕따웃은 작지만 큰 소리를 내는 북인데 나도 대나무
처럼 속이 텅 비어 가슴을 치며 운 적이 있다 죽은 사람
의 이름으로 휘어진 적이 있다

*미얀마의 민속 악기.

2부
희고 따숩고 보드라운

고려인 만두

막 쪄 낸 만두다
사내 손만 한
희고 따숩고 보드라운
만두를
다 못 먹고 왔다

사내는 오지 않고
식탁 위에 식은 달만
부풀어 있네

찬방에 이불 속 만두처럼
웅크려 잠드는데
온기 없는 이불만 납작하네
다른 만둣집이 생겼나?

개에게 던져 주니
개 줄이 철렁하게 받아먹고
밤마다 짖던 개 소리
조용하다

고려인 마을*

늙은 보일러는 자꾸 꺼지고
한방에 나도
보일러도 춥다
애벌레처럼 웅크린 밤이다

할아바이는 두만강 철도를 놓다
철길을 타고 먼 곳으로 갔다
꽁꽁 언 땅 속으로
돌아갔다

틈은 어데나 있어
심술궂은 바람이 숨어 있다
발도 마음도
시린 밤이다

고향에 와도 고향이 그리운
고려인 마을의 밤
바람도 외로워

바람을 부른다

보일러도 나도
서러운 한밤에
없는 사람의 말을 들은 적 있다

* 광주광역시 광산구 월곡동 고려인 거주지.

우스또베*

큰비가 지나간 하늘은
하느님의 손바닥처럼
가장 낮은 곳에 앉아 있습니다
밤이면 작은 별들이 찾아와
옛이야길 졸라 대겠지만
(차마 들춰 보진 못했습니다)

아버지는 제일 좋아하는 계절에 떠난다 하였으나
그때 나는 너무 슬퍼서
한 조각 남은 고향 이야기도
모두 가져갔으면 하고 바랐습니다
─지금 아버지는 차디찬 빗돌 아래
누워 계십니다

구름도 흩어질 무렵
한번 가 봤으면 하시던
바닷가 마을에는
아버지도

아버지의 고향도 없습니다

그리운 것은 노을에 묻고
아무도
돌아가지 못하였습니다

* 1937년 겨울, 중앙아시아로 강제 이주된 고려인들이 처음 정착
한 곳. 홍범도 장군도 이곳에서 사망했다.

고향 생각

산 앞에선
산 너머를 생각하느라 골똘했다
그것은 벽
벽 너머 벽

밀가루 반죽처럼 고운 볼
어루만져 주던
사람은 없고

지금 내게 남은 것은
돌멩이
주먹 쥔 돌멩이

외로울 때면
두고 온 벽을 생각했다
산을 등지면
산은 배경이 되었다

율리

볕 좋은 날엔
개에게라도
말 걸고 싶다
무너진 벽에
깨 때를 말리는 율리

한나절 기대고 젖은 가슴 말리고 싶다

얼마나 깊게 찔린 것이냐
서쪽 하늘에 피를 흘려보내는 율리

율리의 옛 이름은 밤나무 골
찾아오는 이는 많아도
머무는 사람 없는

율리, 방둑의 가시풀이
길 위에 눕는다

광활 일기

김제 만경 하고도 광활에서 제일 부지런한 사람은 오답구 용현 아재 새벽 댓바람부터 일어나 밤이슬 밟고 돌아와서도 만경댁이랑 왕골 대자리 짠다지요 글쎄 둘이서 오쟁이 깔 시간이 없어 자식이 없나 보다고 오답구 사랑방에선 말도 많지요

오답구 용현 아재 한도 많지요 덕산 양반 눈감을 때 쇠고깃국 한번 먹어 봤으면 했다고 술 한 모금 담배 한 대 안 먹고 안 피우고 안 쓰고 했다지요 그래 송아지 한 마리 샀는데요 용현 아재 자다가도 일어나 송아지 보러 갔다지요

송아지 궁둥이가 제법 실해지자 남들 농사 두 배는 지어야겠다고 아침부터 저녁까지 하루도 안 쉬고 끌고 나갔지요 소가 쉬는 날은 비 오는 날 즘생이 사람 부지런한 걸 못 따라가서 땅 갈다가도 몇 번씩이나 하늘 쳐다본다지요 글쎄,

하루는 새벽부터 쇠죽 끓여다가 여물통에 부어 주고 콩도 한 되 부어 주며 사람에게 하듯 오늘은 힘들 거니께 많이 먹으라 하니 이놈의 소가 꾀가 나서 대가리만 살래살래 젓고 안 먹더라나요 글쎄

용현 아재 놀래서 어디가 아픈가 살펴봐도 콧김만 씩씩하니 괜찮더래요 그래 용현 아재 콩 몇 줌 키에 받쳐 이래저래 까부니까 이놈의 소가 빗소린 줄 알고 먹더라나요 그냥 먹는 것도 아니고 환장하게 퍼먹더라나요 글쎄

용현 아재 다 먹는 거 보고 나서야 이랴, 이랴, 끌고 나오니 이놈의 소가 하늘 한번 쳐다보고선 그제야 속은 줄 알고 힐끔 째리더라나요 그래 그 큰 눈이 가자미만큼 찢어지더라나요 글쎄

바람제

징게 맹경 외아미들* 이야길 할라 씨면 바람제로 해
야 제격이렸다

왜정통에 잘린 진봉 아재 왼손 애길 해야 쓰겄다

하늬바람 불면 간기 먹은 흙들이 바람에 날리는 소릴
해야 쓰겄다

동학군 따라갔다 북간도로 연해주로 알마티로 간 할
아버지 애길

간기 나는 소리로 해야 쓰겄다

*김제 만경 넓은 들.

38

서울역 광장의 티무르 씨는

타슈켄트행 차표를 사고 싶은 휴일이다 비둘기 떼가
난다 신전같이 솟은 빌딩은 아무리 높아도 내 집은 없
다 아무르 티무르 씨는 역으로 간다 휴일에도 어딘가로
가는 걸음은 바쁘고 비둘기들은 두리번거린다 떠나온
건가 돌아온 건가 아무르는 위대한 이름이다 기억하렴
티무르는 최후의 승리를 의미한다

빌딩의 협곡 사이 새 떼가 내려앉는다 비둘기들은 아
스팔트에 부리를 부셔서 먹는다 아무리 단단한 부리도
풀씨를 꺼내지는 못했지만… 사는 건 전쟁이었다 바람
숭숭 드는 열차 안에서 달이 지고 달이 차고 달이 지네
시린 시베리아 유배길 차게 울던 아이가 자고 할아바이
도 자고 아! 잠들지 못하는 바람은 갈대를 눕혀 길을 만
드나

이곳에선 기차도 길을 만들어 달려야 한다
호메니움 호메니움
기도를 하자
어디든 기차를 타자

고려인 학교*

이를 닦다가 보았다 교정 대상이던 말이여 검열되는 고삐도 안장도 없이 길들여진 말이여 나는 차라리 검은 말이고 싶었다 어디로 가는가 나의 나라는 어디에 있느냐 언제나 사는 게 서툴러 서럽구나

오래전 이곳을 뛰쳐나간 말이 있었다 허벅지의 떨림으로 초원의 향기를 울부짖던 말은 곧 격리 수용되었다 오! 말아 달리는 것을 잊었구나 세 치 혀로 길들여졌구나 발굽에 묻은 들꽃의 냄새를 기억하렴 이랴, 유목의 전설을 떠올려야지

한밤의 도시 자동차 전조등이 높은 벽 위에 뜻 모를 글자를 썼다 지운다 어디선가 개가 짖는다 잠이 없는 개지 새는 날기 위해서 아주 조금만 먹는다 나는 돌아갈 날을 기다린다

* 중앙아시아에 강제 이주된 고려인들은 집보다 학교를 먼저 지었다.

거미줄

거미줄
보안등 아래 와자한 거미줄
땀에 절은 목덜미 때 절은 어깨에도
살랑살랑 흔들리는 거미줄
그네 타는 저녁에 거미줄
시베리아 화물칸에도 거미줄
기억 안에선 한여름에도
싸락눈이 내린다
토굴을 파고 살 때도
산 입에 치지 않는 거미줄
죽은 사람만 아까운*
희고 가느다란 머리카락이
끝도 없이 나온다 거미줄
죽은 엄마 흰 젖 물고
매달린, 찬바람
숭숭 드는 거미줄

* 1937년 겨울 중앙아시아로 강제 이주된 고려인들이 죽은 이를
  떠올리며 하던 말.

당신을 잃게 된다면

휴일에는 광주 간다 빛이 잘 드는 땅 견인차가 제 몸보다 큰 트럭을 끌고 간다 고속 도로에선 반대 차선에무심하다 이해할 수 없는 것도 인정하는 날은 있다 신도 쉬는 날

광주는 오래된 전제지만 내 논거는 아직 빈약하다 고려인들은 가축처럼 실려 광야로 갔다 발목이 파묻히는황무지에서 샛별이 떠오르는 타슈켄트 부하라 우르겐치 사마르카트

어떤 기억은 유적이 되고 어떤 울음은 닮는다 눈물로수로를 내어 한 줌의 볍씨를 심는다 처음 보는 꽃에도 이름을 붙여 주는 휴일에는 광주 간다 나라도 집도 없는 사람들이 배회하는 거리 당신을 잃게 된다면 나는 헤엄쳐사막을 건너야 하리 수메르 우크라 가나안 팔레스타인

개미들이 제 몸보다 큰 것을 끌고 간다
길은 정체 중이다
나는 기억을 믿지 않는다

어쩌요

낮에는 학원 버스 운전하고 밤에는 대리운전을 했습죠 교회도 못 가고 휴가 한 번 못 갔어요 어쩌요 어머닌 요양 병원에 계시는데 매달 70만 원에 기저귀값만 12만 원 들어요 어쩌요 하루도 안 쉬어도 남는 게 없으니 나는 술이 다 깨어
  대리 기사의 독백을 듣는다

  화장실에서 오줌을 눈다 소변기 안에 웅크린 지네 한 마리 이크, 도망친다 지네는 아무리 발이 많아도 변기 안이다 지네나 나나 꼬이긴 마찬가지 뜨거운 오줌을 맞을 때마다 지네의 발이 꿈틀한다 나는 이것이 독기라도 품어 오줌발을 타고 내 몸에 들어올까 봐 걱정한다

  지네는 지겹게도 지네였을 거야 발이 아무리 많아도
… 어쩌요

1에서 0으로

한 편의 절실함도 없이
한 방울의 눈물도 없이
사는 것은
사는 게 아니지

시인은
한 모금의 물을 마시고
한 자루의 칼을 얻어
새 한 마리
날려 보낸다

허공이 온통
핏빛이다

둘이
하나라면
처음부터 나,
나는 없는 것이냐?

3부
육백 년 동안의 고독

첫, 시집

세상에 시인은 많고 그보다 많은 것이 시집이지만 첫, 시집을 내고 세상이 바뀌었다고 쓰고 싶었다 시집은 팔리지 않고 시집은 돌아왔다 서점에서도 시집은 시시하다 반송된 시집 앞에서 반성했다

시인은 가난하다 해도 가난한 시인으로 유명해지고 싶진 않다 내 시에 가랑비 냄새와 해바라기 꽃잎 한 줌, 풀여치 소리 한 됫박과 애인의 혀 위에 얹을 첫눈 몇 송이었으면 했다

어떤 날은 버스비 대신 시집을 내고 싶다 버스 안에서 사람들과 좋아하는 시에 대해 얘기했으면 좋겠다 입이 근질근질한 운전사가 가로수 아래 버스를 세우고 어제의 날씨와 내일 만날 사랑에 대해 얘기했으면 좋겠다

내 시에서 맛이 나면 좋겠다 시집으로 시금치를 사면 요즘 시가 맛있는 철이라며 애인은 좋아할 것이다 큰 가방에 시집을 넣고 바다로 여행을 떠나야겠지 시집 필요

하신 분, 하고 꽃 파는 아이처럼 소리쳐도 좋겠다 꽃 심는 노인처럼 늙어도 좋겠다

봄

겨울 숲은 말향고래처럼 울었다
가장 거대했기에 가장 먼저 멸종된
침묵의 세계

어떤 울음은 소리가 나지 않는다

벽을 생각하면 천장도 바닥이었다
벽 틈에서는 누구나
벽이 되어 산다

이제부터 바다를 생각하기로 한다
울음이 모이는 엄마의 바다
가장 낮은 곳에서
겨울을 견디는

나이테 속에는 박새가 산다

저 빚을 어떻게 갚아야 하나
금강 하구언에 내려앉은 고니가
겨울 강에 발을 담가
수온을 0.01도라도 올리려는 안간힘을
가창오리의 오체투지를 어떻게 갚아야 하나

겨울 하늘을 나는 새 떼들
얼음장처럼 깨진
하늘을 기우는 저 바느질삯을
어떻게 갚아야 하나
긴 부리에 실을 꿰어
시침질하는 고니의 흐린 눈을
기우고 또 기워도 남은
남루 같은 깃털을 잇는
간절한 한기를 어떻게 해야 하나

철새는 강이 떠나기 전에
몸을 뒤집어

제 속을 보여 주려는 것이다
장문의 서신을 물에 띄워 보내는 것이다

무렵

산모퉁이 옹달진 선사 시대의 유물인 듯 얼음덩이 하나가 혀를 늘여 빼고 길 위에 누워 있다

계절이 바뀔 때면 옷장 속에 지난 계절의 주름을 같이 넣는다 외국에 살던 삼촌은 병을 앓아 산골로 찾아왔다 흰 이를 드러내면 볼우물이 생기던

가로수가 서로에게 팔을 뻗어 길을 만든다 파란 하늘에는 구름이 흘러가고 떠난 사람의 뒷모습이 보인다

나는 까닭도 없이 살얼음 낀 방죽에 돌을 던진다 차디찬 물에 잠긴 나무가 부르르
긴 잠에서 깨어난다

달나라 청소부

상주 없는 부고를 받았다 늦은 밤 전화하던 시처럼 살았지만 시인이 되지 못했던

청소하면서 제일 먼저 자신의 술병을 치워야 했던

그의 어머니도 청소부였던

지금은 달에 갔겠지

그가 다녀갔는지 상가는 깨끗했다 술은 마시지 않는다 울고 웃고 싸우는 일도 없다 진짜 시인은 모두 달에 있으니까 잘 가시라 인사하고 잘 만나시라 인사했다 망극했다

나바위 성당 팔각 창문 아래서

시험을 앞둔 아이 생각에 찾아간 나바위 성당에서 신을 찾아 떠난 사내를 생각하네 중국인 목수가 만들었다는 유서 깊은 창문으로 여덟 줄기의 햇살이 모이고 강경, 함열, 여산 새벽길을 밟고 온 신자들이 손이 부르트도록 쌓아 올린 성당의 어느 구석에는 신이 깃들 것만 같은데

신은 언제나 과묵하여 존재를 잊게 되고 그럴 때마다 추운 계절의 응달을 지나가는 사내의 웅크린 어깨가 보일 것만 같네 나바위 성당 팔각 창문으로 가을볕은 강물처럼 쏟아져 나는 손을 들어 투명해지는 손가락으로 남은 날들을 세어 보네 천국은 슬픔 많은 사람들이 어둠 위에 세운 빛의 궁전인지도 몰라

강은 추워질수록 깊어져 오늘 밤에도 푸른 언덕에는 바람이 불고 허전한 나뭇가지에 별빛 깃들겠네 네가 지금 흔들리는 것은 살아 있기 때문이야 꽃나무 가지에 폭탄이 자라고 돛대가 부러져도 먼 길을 돌아온 사내가 눈 감고 들이켰을 신의 눈물, 한 방울에서 태어난 너와 나는

흰빛

동생은 가방 하나
덜렁 들고 병원으로 갔습니다
병원에는 세상의 흰 것들이 모여 있습니다
창틀도 침대도 천장도 문턱도
흰 것을 보고 있으면
어딘가 조금씩 지워집니다

한밤에 듣는
울음은
오줌 소리처럼 가늘고 길게 이어집니다
늘어진 귀는 쉬
잠들지 못합니다

창밖엔 벚나무 한 주株
소독약 냄새 나는 형광빛 한가운데
외로이 서 있습니다
동생이 다 못 먹은
희고 따숩고 보드라운

만두를 오랫동안 생각합니다

파아란 새잎 돋으면…
검붉은 버찌가 툭, 떨어지는
계절의 어디쯤을 생각하면
주위는 온통
흰빛, 입니다

나 죽으면

나 죽으면
꽃밭에 묻어 줘
멀리 말고 가까운
고개 들면 보일 듯
부르면 들릴 듯 그만치에서
부는 바람 먼저 맞고
비에 먼저 젖어
다 못 했던 말
꽃으로 피울게
죽어서야 갈 수 있는 세계와
죽어서야 변하는 몸과
죽어서야 토해 내는 말이 있다면
너라고 부를게
꽃같이
꽃같이
돌아온다 말할게
그게 너라고 흔들릴게

미륵사지 당간지주 앞에서

수선화 새순이
파랗게 올라오던 봄날
먼 나라에서 돌아온 삼촌은
티베트에 가자 했습니다
티베트는 하늘과 가장 가까운 도시

웃으며 드러나던 흰 덧니처럼
삼촌의 희망은 구체적이어서
삶은 늘 바빴습니다
빚은 빛이 되고
끝내 말하지 못한 눈빛은
어둠으로 천천히 옮겨 갑니다

삼촌을 배웅하고 돌아와
옷장 문을 닫기 전 생각합니다
이 문은 다음 계절이나 열리겠지요
별을 생각하는 마음은
지상에 내려와 촛불이 되는지

얼마나 추위를 견뎌야
꽃은 피는지 생각합니다

미륵사지 당간지주는
천 년 전 하늘을 향해 열어 둔
문처럼 서 있습니다
연방죽 홍련의 붉은 혀가
열기를 식히는 동안

돌에 더듬이를 부비던
흰 나비 한 쌍이
느린 겹날개를 흔들며
나를 바라보는 듯했습니다

걸어가는 사람들

걸어왔어요
미륵산 미륵사 탑 아래
가장 깊은 심주석에 새긴
천 년 전의 먹줄을 보러
걸어왔어요
백 개의 강 천 개의 우물이 있던 곳

세상의 궁벽진 곳으로 밀리고 밀려
비탈길 따라 고구마를 심은
가난한 노래를 부르던 사람들
달의 연못을 메우고
천년목 다듬어
절 하나 눈에 들였어요

허망한 마음 풍탁에 달아매고
간절한 무늬는 심주석 아래
사리장엄에 새겨 넣었어요
미륵사는 지상에 내려앉은

하느님의 새,

하늘의 안테나 같은 미륵사 탑
절절한 기억을 기억하기 위해
어깨를 무너뜨린 자세로
천 년을 넘게 지키고 선
탑을 찾아 걸어왔어요

문암송*

누가 바위의 몸을 열어
씨를 넣어 두었나
악양의 언덕에 서서
하늘을 구부리고 있구나

외로움에 사무쳐 구부러졌구나
나무여
어데서 갈라져 왔느냐

달도
강도
그리운 것은
언제나 혼자다
그리운 만큼 휘어졌다
그리움으로 깊은 그늘의 영토

나도 가시가 많아 여기까지 왔다

이제야 왔니,
돌의 심장을 감싸 쥔
젖은 뿌리처럼
네 가슴에 손을 넣은 날이 있었지
만근 바위도 두근거렸을 거야
하늘 솔방울도 흔들거렸을 거야

바람도 쉬어 가는 문암송 앞에서
초사흘 달이
가는 걸음을 멈춘다

* 하동군 축지리에 있는 천연기념물 제491호.

육백 년 동안의 고독

　군산 하제마을 팽나무는 6백 년간 뻗은 뿌리로 미군 기지의 경계를 넘는다 한때 환희로 넘실거리던 하제 바다 지하에 뻗은 뿌리의 거리만큼 지상에 드리운 육백 년의 그늘

　육백 년간 고독으로 깊어진 그늘 아래선 누구를 만나도 걱정이 없다 서양에서 온 위장병이 관절염에게 인사를 한다 헬로, 헬로 참을 수 없다는 듯 해소와 기침 가래가 헤드뱅잉을 한다 혀와 혀가 만나듯 냄새는 냄새를 만나 번식한다 가을엔 세상의 모든 경계를 잎으로 덮어주세요

　철조망 너머 파아란 하늘로 뿌리를 뻗는 팽나무 잎들이 몸을 뒤집는다 먼바다를 헤매던 파도가 돌아온다 팽나무 잎들이 밀물에 몸을 푼다

돌탑을 쌓는 이유

돌을 보면 지나치지 못하는 사람들은
돌의 유전자를 가졌다 돌을 닮아
돌처럼 산다
손에 손을 얹듯
돌 위에 마음을 얹는다

돌 위에 돌
돌 아래 돌

옛사람들은 마음에 드는 이를 만나면
문 앞에 돌을 놓는데
그건 내가 어렸을 적 들은 이야기
들판에 홀로 선 탑의 이야기

그때 우린 빛나는 돌,
태초의 바다를 항해하는
물 위에 뜬 돌배
서로의 중력에 몸을 덥히곤 했지

늘도가*에는 늘 비가 오고

비 갠 아침엔
새가 와서 울어 댄다

나는 새의 말을 듣지 못하여
아침부터 울어 대는 사정을 알지 못한다

아침 새소리를 듣고
저녁에 떠난 사람을 생각한다

그 이의 말투를 생각하는 동안에
비는 내리고
빗물은 낮은 데로 흘러

늘도가에는 늘 비가 오고
나는 물방울처럼 외로워진다

* 장례 용품을 팔아서 붙여진 익산 남부시장의 옛 이름. 일제 강점
　기 만세 운동이 있었다.

낙랑

나 죽은 뒤 장맛비 내려 한 삼 년 지난 뒤에도 내려 당신을 처음 알았던 일과 어린것을 업고 따라나섰던 일 그날은 비가 내려 낙랑, 당신과 어린것이 잠든 창문을 장맛비는 긴 혀로 핥으며 흘러가고 나는 넋이라도 찾아가 물이라도 한 줌 쥐며 나는 새가 되고 싶고 그곳에서도 세월은 흘러 신접살림은 헌것이 되고 공들여 닦던 가구도 윤기를 잃어

낙랑, 당신은 물에 잠긴 나무처럼

사내애는 다 커서 나를 아비라 부르고 계집애는 부끄럼을 잘 타서 가르마가 정갈하면 당신과의 첫사랑, 꼭 여민 등짐을 지고 그 밤에 나는 또 흘러가리니 눈부신 이마 위에 환한 실핏줄 같은 길을 따라 먼 길 돌아가리니 그때는 나 죽고도 한 삼십 년 아니 삼백 년 저 빗속에도 잎 피워 내는 나무처럼 아! 낙랑,

4부

꽃이 있던 자리

3분 30초

형! 늦을 거 같아요 비가 너무 많이 왔거든요 거리의 차들은 어딘지도 모르게 달려가요 퉁퉁 분 젖처럼 불어난 강은 어떤 곳은 빠르고 어떤 곳은 느리게 흘러요

어머니에겐 알리지 마세요 다리 아래서 담배 한 대 피우려고요 빗방울은 망설임 없이 뛰어들고 강은 거침없이 길을 만들어요 형! 조금만 늦을게요

강변의 나무는 젖은 머리를 헝클인 채 허벅지까지 몸을 담가요 나무처럼 잠시 멈추려고요 미안해요 형, 너무 늦지는 않을 거예요

회현

　밤비 내리는데 빗방울 떨어지는 툇마루에 앉아 마당
의 모래는 고와서 빗소리는 차를 내리는 소리 같고 군산
의 회현이라는 마을에는 나를 반기는 이가 있어 창에
빗방울 빗금 긋는 밤이면 찻물을 올려놓고 골똘히 생각
에 잠길 것만 같고 내가 좋아하는 노래를 들을 것도 같
고 나는 우산을 잊었노라 들릴 것만 같고 뜨거운 커피
를 혀끝으로나 맛볼 것을 잠 못 들어 하는데 비는 내리
고 다른 쪽 무릎마저 젖는데

원숭이를 잡는 법

중국의 어느 부족은 원숭이가 다니는 길에 통을 놓아둔다 원숭이는 통 속의 먹이를 꺼내 먹는다 자꾸 손을 넣다 보면 어느덧 큰 덩어리만 남는다 입구는 좁아서 꺼낼 수가 없다 원숭이는 통을 흔들고 부수려 하지만 단단하고 무거운 통은 꿈쩍하지 않는다 사냥꾼들이 돌아왔을 때, 한숨도 못 잔 원숭이는 통 옆에 쓰러져 있다 사냥꾼은 원숭이를 잡아 망태에 넣기만 하면 되는데, 원숭이는 그제야 가슴을 치며 소리 지른다 사랑에 잡힌 것처럼,

비의 혀

비가 온다
비는 말처럼 다가와
내 손을 핥는다
나는 상상만으로도 젖는 사람

검은 것도 흰 것으로
젖을 수 있는
빗소리라고
손가락으로 적는다

빗소리가 사막과
백합을 적시고
내게로 오는 발자국을 지우고
땅을 다 먹어 버렸다고 쓴다

저녁에 빗소리를 들으며
혼자 술을 마셨다
축축하게 내민

비의 혀를 잡아 보려 했다

비가 온다
바다에 내리는 비는
산이 좋아 초록으로 가고
입술에 내리는 비는
바다가 좋아
비린내가 된다고 했다

비가 온다
네가 온다

연꽃 보러 가는 마음인데

금잔화 피고 잠자리 날고 스커트 아가씨가 지나가고
울기를 막 그친 듯한 계집애 같은 물웅덩이는 훌쩍 넘어
도 남을 나이인데 미루나무는 탬버린을 흔드는 것 같고
플라타너스는 구름 북을 치는 것도 같고 창포는 한들한
들 현악기를 켜고 연잎은 몸을 흔들며 관악기를 불고 온
통 초록의 화음에 열중인데 애벌레 한 마리 긴 의자에
느린 악보를 그리며 가네

연꽃 향 배인 목침에 머리를 괴고 한숨 자고 싶은 나
는 소리를 못 듣는 귀를 가져 그저 바라볼 뿐이다

까치집

　겨울 하늘에 가지만 남은 깨죽나무 하늘에 걸린 엑
스레이 사진 같다 하늘로 퍼진 독 기운 좀 봐 해를 품어
도 녹질 않고 달이 들어도 얼지 않는다

　바람 숭숭 드는 집이어서 빈 지방 문도 달지 않았다
길고 날카로운 휘파람 소리가 날 것 같다 하늘의 폐사
지 누워도 잠이 오질 않는다

　까치집은 파란 하늘에 닻을 내린 작은 배 어미 새의
가슴에서 가장 보드라운 털을 뽑아 만든 둥지 작고 거
뭇거뭇한 새알을 잡으면 얼굴을 묻고 따순 김을 내고
싶다

봄, 병동 정원

붉은 뺨처럼 피는
꽃그늘 봄날이다

넓어져 가는 꽃 차양 아래
곱은 어깨 조으는
아슴 봄날이다

살아갈 힘만큼
흔들리는 봄날이다

햇살 내려앉은 곳마다
비린내 묻어오는
흥건한 저녁이다

파란 핏줄처럼 돋아 오는
정맥의 봄날이다

어머니의 빨간 다라이

눈 내리는 해망동은 쭈그러진 다라이 하늘로 올라가는 갯배다 어머니 고무 다라이 이고 생선 팔러 나가시네 나 아기였을 적에 빨간 얼굴로 물장구치고 헤헤 놀았을 다라이 물고기 내장 같은 골목을 지나가며 "생선 사줍서 싱싱한 생선 왔수다" 하면 어깃저깃 난 창문들은 등 푸른 비늘처럼 파닥파닥 불을 켜겠네 해망동 골목은 언제라도 싱싱해지겠네

밤새 눈은 내려 어머니 눈썹도 하얗게 내린 아침에 검은 보자기 안에서 충혈된 눈으로 밤을 꼬박 새웠을 다라이 속의 물고기들 갯배는 꾸덕꾸덕 말린 생선같이 오래 앓은 속앓이를 바다 너머로 보내곤 했는데 그때마다 바다는 물고기처럼 파닥거렸는데
다라이는 어머니를 태우고 미끄러지네

흘러가세요 어머니,
흘러가세요

처서

앙가슴에 오그라붙은 까만 젖꼭지 무릎에 앉힌 어린
애는 벌써 졸업반 언제까지 걸리려나 잔칫날 음식 냄새
사람 냄새 품었다 혼자 밥술 뜨는 어머니와 겸상하는
가족사진 빈집을 보네

밥상보를 들추면 숨었던 간장 냄새 잘 마른 뻐꾸기
소리 물뱀의 시퍼런 핏줄이 젊은 엄마 흰 종아리를 기어
다니고 빈지문은 지린내로 남았네

소독차 소리처럼 밀려가는 오랜 저녁의 기억, 사진 있
던 자리가 환하다 가슴을 동여매고 수줍게 웃는 당신,
다시 찍을 수 없는 가족사진

석남리 동백묘

　일전에 큰일 치르느라 고생 많았다 어디가도 느그 어메 곁이 신간 편하다 느이 형제가 떠 준 산비얄 붉은 흙냄새 맡으니 살 것 같구나 날 풀리면 대문 옆 동백도 옮겨 다오 갯바람 많은 동네엔 동백이 제일이다

　동백은 가장 늦게 피는 꽃 지고야 알았다 늬 어메가 을매나 좋아하던지 구십 가까이 살았어도 곁을 내주는 게 제일이다 동백 오는 날 늦은 것이 아름다운 날 색시 머리 풀 듯 설레겠다 처음 본 듯 붉어지겠다

구이구산

첫길이 나기 전에는 구불구불한 산길이었단다 처음 이 길은 산짐승이 놓은 길이라고도 하고 또 그보다 한참 오래전 하느님이 그어 놓았더란다

산의 실핏줄같이 가늘고 길게 이어진 이 길로 일가붙 이들이 올망졸망 찾아오고 산 너머 시집온 할머니도 시어머니도 모여 신행 간 이야기 뒷집 송아지가 새끼 낳은 이야기를 긴 밤이 지나도록 도란거릴 땐 다림질 감도 곱게 피어나고 할아버지의 할아버지도 새악시 궁금히도 기다린 길이란다

한 달포쯤 지내고 집으로 돌아갈 적에는 이웃집이며 옆 마을 사람들도 서로의 흉내를 내고 인사하다 또 한 사나흘 더 눌러앉아 얘기하며 놀다 웃자란 풀숲을 헤쳐 돌아오던 길이란다

빈집

주인은 도시로 겨울을 살러 간
산골집이다

개 한 마리
눈을 밟아 온다

눈 덮인 밭에는
채 뽑지 않고 남겨 둔
노란 배추 손이
얼었다 풀렸다 하며
겨울밤을 보낼 것이다

손때 마른 툇마루에도
눈이 쌓였다 녹았다 할 것이다

얼었던 발자국도 간질간질
흘러갈 것이다

고래

겨울, 주문진 항은 고래처럼 숨을 쉰다 한철 바다 이랑 일구던 통통배들이 코뚜레로 엮여 있다 인적 없는 바다의 혼령인 듯 항구를 배회하는 안개

나는 고래를 묶어 두었다던 부두에 앉아 혼자 술을 마신다 고깃배들은 뱃머리를 부딪치며 고래 우는 소리를 낸다

항구의 깊은 골목으로 우우 몰려가는 찬바람 각오한 듯 부서지는 파도 취한 고래 한 마리가 술잔 속에서 툭 튀어나올 것만 같다

고기 떼는 헤어진 애인처럼 소식이 없다 이봐, 흔들리는 게 삶이라면 또 한 잔 주문진에서는 고래가 제 가슴을 치듯 바다를 치는 소리가 들린다

자복

복을 달인다는 뜻이다 양반들은 시를 읊거나 탁족을 하지만 서리 같은 상스러운 짓도 장려한다 몸을 보하려는 것이다 사냥의 습속 같은 것 약한 것부터 잡아야 했다

해를 물고 가는 불개도 혀를 내두르는 검은 그림자 골목 깊숙이 게워 내는 스치기만 해도 불이 붙을 것 같은 여름이면 아버지는 백구를 잡는다고 했고 나는 달아났으면 달아나라 했다

백구는 도망갔다 백구야 백구야 목소리는 목줄보다 먼저 돌아왔다
마당 한쪽에 엎드린 그늘이 마른 침을 삼켰다

저녁이면 얼굴은 번들거렸다 서로를 보며 입맛을 다셨다 버드나무 가지조차 여름의 목덜미를 잡고 늘어졌다 치열했던 복날이

장둑길

어느 늦은 봄날 빚 얻으러 다니던 추운 시절이 제게도 있었습니다 하루는 농약 주는 걸 거든답시고 누렁이 앞세우고 나갔는데요 왜정 때 바다를 메워 만들었다는 장둑길은 봄 햇살 아래 수평선을 베고 누운 나른한 뱀처럼 보였는데요 순식간에 무논은 나를 심어 버렸는데요 몸무게만큼 나는 땅에 박혀 어쩔 줄 몰랐는데요 발버둥 칠수록 더 깊이 심겼는데요 그때 나는 풀이었다가 나무였는데요 누렁이 혓바닥처럼 목덜미를 쓱 핥아 주던 바람은 초록빛으로 건너가구요

수박의 꽃받침

    수박이 둥글다는 건 지구를 닮아 잘 굴러왔다는 이력이겠지요 수박의 단단한 껍질 속에는 바다보다 깊은 호수가 있다는 걸 알아요 번개 무늬 표범이 살고 있다는 것도요 내가 처음 칼에 베인 것도 수박이지요 출렁거렸던 엄마의 시간을 이제는 알 것 같아요 어떤 기억은 지구보다도 무겁다는 것도요

    수박은 지구를 닮아 잘 굴러가도록 둥글어졌겠죠 보지 못했지만 자전과 공전을 한다는 것도 믿어요 수박의 까만 씨 속에는 우주의 어둠이 있다는 것도, 믿을게요 무심코 뱉어 낸 수박씨를 생각하면 헛바늘이 돋을 정도예요 엄마는 수박을 고를 때 밑을 보라고 하셨죠 꽃이 있던 자리 나머지 생을 지탱하던 꽃의 기억,

백아산 막걸리를 생각하는 밤

오늘은 취해
항아리 안에서 잠들어도 좋으리

우리는 마지막 술을 나눠 마시고 이야깃거리를 찾았
다 어떤 말이라도 해야 했으므로 필사적으로 웃고 마시
고 떠들었지만 아무도 자신의 이야기는 꺼내지 않았다

술을 마시는 날은 누군가 떠나고 돌아오는 날 말이
끊기는 잠깐의 침묵이 어쩌면 그날의 진실이라는 생각

백아산 볕 좋은 날이면 항아리에 젖은 시간 담아 두
고 억새에게나 가지 혼자서 흐드러지게 울어도 될 것 같
아 먼 산에 단풍잎 한 장 떼어 가는 바람 어둠을 서성이
던 창밖의 발소리

떠나가라
떠나가라

이지러지는 달과
밤의 적막을 짖던 개야
취한 목소리로 흘러가는 시냇물아
어느새 해 지는 바닷가구나

봄날에는 슬픈 사랑 노래를 불러요

윤석정(시인)

1

2년 전 10월이었어요. 만경강 옴서감서 쉼터에서 박태건 시인을 만났죠. 그렇게 우리는 옴서감서 종종 만나 왔고 불쑥 제가 찾아가도 환대했어요. 그날 우리는 정자에 앉아 사는 이야기를 풀어놓고 굽이굽이 흐르는 강물과 수면에 비친 구름의 모양새를 한가로이 바라봤어요. 그의 작고 가느다란 눈초리로 젖은 마음이 흘러나왔어요. 어느새 가슴을 풀어헤친 이야기들이 강물로 뛰어들었고 천진하게 헤엄치다가 환하게 웃었죠. 그는 물방울을 닮았어요. 여리고 맑고 투명한 사람, 시인인데 시인을 꿈꾸는 이상적인(이상한) 시인, 시를 욕망하는 이야기꾼 혹은 이야기를 욕망하는 시인이라고 생각했어요.

저녁 해가 강 저편으로 자리를 옮겼고 우리도 강둑을 따라 군산 대야면에 있는 한 식당으로 갔어요. 강둑 아래 논길에서 노랗게 익은 벼들이 일제히 고개를 드는 것을 감상할 즈음 그는 시집을 준비한다고 했어요. 저도 모르게 뭉클한 기분이 들었어요. 2020년 8월에 첫 시집

『이름을 몰랐으면 한다』가 세상에 나왔는데 "시집을 준비한다"는 그의 말이 어떤 기도 같기도, 다짐 같기도 했어요. 그는 1995년 《전북일보》 신춘문예와 《시와반시》 신인상에 당선돼 문단에 나왔으니 등단 25년 만에 첫 시집을, 등단 30년 만에 두 번째 시집을 내는 셈이죠.

　그날 우리는 이듬해 봄에 다시 만나자며 기약 없이 이별했어요. 이후 우리가 만나지 못했는데 그의 시편들이 먼저 저를 찾아왔어요. 혹여라도 제가 두 번째 시집 『고려인 만두』에 사족을 붙이는 게 아닐까, 하고 걱정했어요. 저는 장문의 서신 같은, 기도문 같은 시편들을 아껴 읽었어요. 그의 이야기에 젖어 갔고 걱정은 온데간데없었어요. 오래 묻어 뒀거나 깊이 묵혀 둔 이야기들이 바람처럼 불었고 비, 눈, 강물처럼 쏟아졌어요.

　　　세상에 시인은 많고 그보다 많은 것이 시집이지만
　　　첫, 시집을 내고 세상이 바뀌었다 쓰고 싶었다. 팔리
　　　지 않고 시집은 돌아왔다 서점에서도 시집은 시시하
　　　다 반송된 시집 앞에서 반성했다

　　　(…)

　　　어떤 날은 버스비 대신 시집을 내고 싶다 버스 안

에서 사람들과 좋아하는 시에 대해 얘기했으면 좋겠
다 입이 근질근질한 운전사가 가로수 아래 버스를 세
우고 어제의 날씨와 내일 만날 사랑에 대해 얘기했으
면 좋겠다

—「첫,시집」부분

"버스비 대신 시집을 내고 싶"다니 얼마나 순진하고
이상적인 상상인가요. 어렵사리 시인이 되어 간절히 시
집을 내고 싶은데 시집 내기가 어디 쉬운가요. 시집만 내
면 세상이 시인을 알아봐 주고 세상을 바꿀 수 있으리
라 기대합니다. 막상 시집이 나오면 버스비 대신 시집을
낼 수 있는 버스가 없고 좋아하는 시에 관해 이야기 나
눌 사람이 없어요. 그러나 시인은 시집 한 권을 은근슬
쩍 세상에 내밀고 깨닫습니다. 세상을 바꿀 수 있는 것
이 아니라 '나' 스스로 바뀐다는 것을! (아무렴, 어쩌요.)
시집을 내고 버스 타고 시금치를 살 수 있는 세상을 꿈
꾸는 그가 참 좋아요.

　　내 시에서 맛이 나면 좋겠다 시집으로 시금치를
사면 요즘 시가 맛있는 철이라며 애인은 좋아할 것이
다 큰 가방에 시집을 넣고 바다로 여행을 떠나야겠지
시집 필요하신 분, 하고 꽃 파는 아이처럼 소리쳐도

좋겠다 꽃 심는 노인처럼 늙어도 좋겠다

　　　　　　　　　　　　　　—「첫, 시집」 부분

　박태건 시인은 '맛이 나는 시'를 쓰려고 해요. 우리 삶
의 절반 정도 밥상이 차지하지 않나요. 매일 먹는 밥은
어디에서 누구와 먹느냐에 따라 맛이 다르잖아요. 그가
세상에 내놓은 첫 시집은 "전주의 오래된 식당"(「도가니
집」)에서 아버지와 점심을 먹고요. 상갓집 "아궁이마다
불을 넣은 부엌"(「홍어」)에서 고소한 전 냄새와 비릿한
홍어 냄새, 오래 삭힌 홍어 냄새를 풍깁니다. 강가에서
"메기의 살 익는 냄새가 어둠을 부"(「메기 굽는 저녁」)르
는 소리를 들려주고요. "무슨 재미있는 이야기가 구워
지는 것 같"(「가족 식사」)이 떠들썩한 가족 식사 자리에
세상과 불화한 아버지를 모셔 옵니다.

　그가 차려 놓은 밥상에는 하염없이 수그리고 흔들리
는 사람들, 외로운 영혼들이 둘러앉아 있었어요. 그는 "무
심히 흔들리던 한 세계"(「떠도는 고향」)에서 눈 부릅뜨
고 말을 버리고 혀부터 단단해진 "가시만 남은 나무"
(「황태라는 나무」)가 되리라 다짐했습니다. 첫 시집 이
후 시인은 어릴 적 해망동 시장에서 생선 파는 어머니
이야기(「어머니의 빨간 다라이」), 소보다 더 부지런한 용
현 아재 이야기(「광활 일기」), 어머니를 요양 병원에 입

원시키고 휴일이 사라진 대리 기사 이야기(「어쩌요」), 먼 나라에서 병들어 돌아온 삼촌 이야기(「무렵」「미륵사지 당간지주 앞에서」), 죽어서 시인이 된 청소부 이야기(「달나라 청소부」), 시베리아 횡단 열차 화물칸에 실려 중앙아시아 황무지로 강제 이주된 고려인 이야기(「거미줄」) 등을 생각합니다. 그는 우는 사람들, (세상에) 없는 사람들 혹은 이름 없이 죽은 사람들, 옛사람들과 이야기를 나눠요. 그렇게 시인은 가장 낮은 곳에서 우리가 보려고 하지 않거나 우리에게 보이지 않는 세계로 걸어갑니다.

취한 말들의 나라, 침묵의 세계, 오디의 계절을 지나 유적지나 폐사지, 군산이나 익산, 전주나 광주에서 유목의 시학을 펼칩니다. 수천수만 개의 물방울들이 아무리 비슷해도 똑같은 물방울이 없듯 대본 없이 사는 우리의 삶은 똑같은 삶이 하나도 없습니다. 사는 모양새가 비슷하더라도 동일한 삶, 획일적인 삶이 어디 있을까요. 그리하여 시인은 제각기 다른 삶 이야기들을 따라다니는 유목민이자 주변인입니다. 그는 봄비 내리는 남쪽에서 "없는 사람의 말투를/생각"하고 비가 "흘러가는 곳을 생각"(「남쪽」)하며 물방울처럼 외로이 누군가의 곁으로, 누군가의 이야기 속으로 스며들어요.

2

시인이 왜 시인을 꿈꿀까요. 앞서 언급한 「첫, 시집」에 이런 구절이 있어요. "내 시에 가랑비 냄새와 해바라기 꽃잎 한 줌, 풀여치 소리 한 됫박과 애인의 혀 위에 얹을 첫눈 몇 송이였으면 했다"라고 말합니다. 그가 꿈꾸는 시인은 세상을 바꾸려는 거창한 말보다 아주 작고 여린 "가랑비 냄새", "해바라기 꽃잎 한 줌", "풀여치 소리 한 됫박", "첫눈 몇 송이"에 대해, "어제의 날씨와 내일 만날 사랑"에 대해 이야기할 줄 아는 시인이 아닐까요. 그런 시인이라면 "꽃 파는 아이처럼" 소리치고 "꽃 심는 노인처럼" 늙어 가도 좋고요.

3

1996년 봄, 대학에 입학해 그를 만났어요. 후배들 합평 모임이나 술자리에 그가 앉아 있었어요. 그는 각이 진 얼굴선에 가느다란 눈초리가 매서웠어요. 그런데 눈빛이 선했고 맑게 우려낸 말들은 다정하고 따사로웠어요. 저는 그를 '형'이라고 불렀어요. 그가 좋아 그에게 좋은 사람을 소개했어요. 그는 좋은 사람이 믿는 신을 만나 세례를 받았고 기도하기 시작했어요. 그의 간절한 기도와 구애 끝에 결혼했어요. 좋은 사람과 결혼한 후 그의 기도는 아내에서 첫째 아이 태주로, 둘째 아이 태현으로 옮겨 갔을 겁니다.

우리는 두 손을 맞대고 눈을 감고 고개 숙여 우리 삶을 관장하는 신에게 어두운 일상을 고백합니다. 기도하는 행위만으로 우리 삶은 고통과 슬픔에서 잠시 해방되고 위로를 받기도 합니다. "먼 길을 돌아온"(「나바위 성당 팔각 창문 아래서」) 그가 '먼 길을 떠날' 아이를 위한 기도는 어떨까요. 우리가 사는 동안 반복해서 시험을 봐야 하고 반복해서 추운 계절을 건너야 합니다. 그 벗어날 수 없는 삶의 굴레를 알기에 그는 낮의 햇살처럼, 밤의 별빛처럼 따사롭게 기도합니다.

시험을 앞둔 아이 생각에 찾아간 나바위 성당에서 신을 찾아 떠난 사내를 생각하네 중국인 목수가 만들었다는 유서 깊은 창문으로 여덟 줄기의 햇살이 모이고 강경, 함열, 여산 새벽길을 밟고 온 신자들이 손이 부르트도록 쌓아 올린 성당의 어느 구석에는 신이 깃들 것만 같은데

신은 언제나 과묵하여 존재를 잊게 되고 그럴 때마다 추운 계절의 응달을 지나가는 사내의 웅크린 어깨가 보일 것만 같네 나바위 성당 팔각 창문으로 가을볕은 강물처럼 쏟아져 나는 손을 들어 투명해지는 손

가락으로 남은 날들을 세어 보네 천국은 슬픔 많은
사람들이 어둠 위에 세운 빛의 궁전인지도 몰라

강은 추워질수록 깊어져 오늘 밤에도 푸른 언덕에
는 바람이 불고 허전한 나뭇가지에 별빛 깃들겠네 네
가 지금 흔들리는 것은 살아 있기 때문이야 꽃나무
가지에 폭탄이 자라고 돛대가 부려져도 먼 길을 돌아
온 사내가 눈 감고 들이켰을 신의 눈물, 한 방울에서
태어난 너와 나는
　　　　　　　—「나바위 성당 팔각 창문 아래서」 전문

　나바위 성당은 전북 익산에 있어요. 박태건 시인은
제가 가 본 적 없는 성당에 저를 데려다 놓고 푸른 언덕
너머에서 가을볕에 더 투명해진 금강을 바라봅니다. 저
는 팔각 창문 아래에 앉아 따사로이 내리쬐는 "여덟 줄
기 햇살"을 관찰하다가 "신을 찾아 떠난 사내"를 생각해
요. 왜 그런지 몰라도 시인이 사내를 닮았다는 생각이
들어요.
　화자는 수능 시험을 앞둔 아이 걱정에 신을 찾아갔
을 텐데요. 성당에서 사내를 생각하고 과묵한 신이 잊어
버린 "사내의 웅크린 어깨"를 상상해요. 사내가 만든 팔
각 창문으로 쏟아지는 빛을 보면서 성당을 쌓아 올렸던

신자들을 떠올립니다. 이때 그는 슬픔 많은 사람들이 어둠 위에 세웠을 빛의 궁전을 천국이 아닐까, 생각해요. 우리는 슬픔이 얼마나 많아야 천국에 다다를 수 있을까요. 우리는 얼마나 어둡고 추운 계절을 견뎌야 희망의 빛을 볼 수 있을까요.

그의 시편들에서 외로운 영혼의 흔들림 혹은 너무나도 인간적인 슬픔이 감지돼요. 어쩌면 총체적인 삶의 흔들림인지도 몰라요. 우리 삶은 죽음이 펼쳐 놓은 "살랑살랑 흔들리는 거미줄"(「거미줄」)에 매달려 있는 존재니까요. 그래서 한 인간의 외로움과 슬픔은 곰팡처럼 올라오고 "슬픔과 외로움은 주소가 같"아서 매일 "반복 또 반복"(「코시코스의 우편마차」)해서 찾아오죠. 그럼에도 시인은 그렇게 절망하지 않아요. 날이 추울수록 강은 깊어지고 푸른 언덕에도 바람이 불고 허전한 나뭇가지에도 별빛이 깃들잖아요. 그는 "먼 길을 돌아온 사내"처럼 "신의 눈물"을 머금고 시험을 앞둔 아이에게 이렇게 말해요. "지금 흔들리는 것은 살아 있기 때문"이라고요. 어쩌면 남은 날들을 살아가기 위한 그의 다짐이 아닐까요.

4

저는 2005년 봄부터 이듬해 봄이 오기 전까지 전북 완주군 구이면 신원마을에서 머문 적이 있어요. 막 등단한 저는 좋은 시를 쓰겠다고 산골 마을로 들어갔어요. 제가 사는 집에는 '구이구산九耳九山'이라고 적힌 나무 현판이 방에 걸려 있었어요. 그 집은 안도현 시인의 작업실이었고 그 집을 구이구산이라고 불렀습니다. 전주에 사는 김기현 선생이 구이면의 '구이'와 달마의 선법을 전한 아홉 산문을 의미한다고 해서 '구산'이라 했대요. 저도 구이에서 아홉 구 만큼 시를 많이 쓰고 싶었지만 제 뜻대로 되지 않았어요. 그때 저는 혼탁한 마음을 정화하는 시간, 오래 묵혀 뒀다 꺼낼 시를 준비하는 느린 시간을 보냈어요.

박태건 시인은 제가 있는 구이구산을 자주 찾아왔어요. 그러다가 그는 한 달 넘게 구이구산 뒷집(정동철 시인의 작업실)에서 지냈어요. 그때 그는 등단한 지 10년이었고 간절히 시집을 내려고 애썼어요. 더욱이 그 당시 어린아이 둘이 왕왕거려서 시에 집중하기 어려웠을 거예요.

첫길이 나기 전에는 구불구불한 산길이었단다 처음 이 길은 산짐승이 놓은 길이라고도 하고, 또 그보다 한참 오래전 하느님이 그어 놓았더란다

산의 실핏줄같이 가늘고 길게 이어진 이 길로 일가

붙이들이 올망졸망 찾아오고 산 너머 시집온 할머니
도 시어머니도 모여 신행 간 이야기 뒷집 송아지가 새
끼 난 이야기를 긴 밤이 지나도록 도란거릴 땐 다림질
감도 곱게 피어나고 할아버지의 할아버지도 새악시
궁금히도 기다린 길이란다

　　한 달포쯤 지내고 집으로 돌아갈 적에는 이웃집이
며 옆 마을 사람들도 서로의 흉내를 내고 인사하다
또 한 사나흘 더 눌러앉아 얘기하며 놀다 웃자란 풀
숲을 헤쳐 돌아오던 길이란다

—「구이구산」 전문

　불쑥 신원마을 할머니들이 올망졸망 저를 찾아왔어
요. 구이구산 툇마루에 앉아 책을 읽고 있으면 할머니
들이 낮은 돌담 위 고양이처럼 저를 훔쳐보다 지나갔어
요. 어느 날은 궁금하면 못 참는 할머니가 대문을 열고
들어와 "법 공부하러 왔어?" 물었어요. 순간 저는 뭔가
뜨끔해 "아니오!"라고 대답하고 꼼짝할 수 없었어요. 할
머니에게 구이구산에서 게을리 공부했던 날들을 들킨
듯했고 부끄러웠어요. 이후 할머니는 밭에서 돌아올 때
마다 푸성귀를 양푼에 한가득 가져왔어요.
　「구이구산」을 읽으면서 깨달았어요. 저는 구이구산

에 있을 때 풀에 가려진 옛길이나 첫길에서 만난 마을 사람들의 삶에 한 발짝도 들이지 못했다는 것을요. 그가 한 달 넘게 머문 마을에서 사나흘 더 지낸 까닭은 아홉 산문 같은 길을 찾으려는 시심이었습니다. 마을 사람들 이야기가 구불구불한 길을 따라 그를 찾아와 오랫동안 마음을 두드렸을 겁니다. 제가 머문 구이구산이 그의 시로 다시 태어났으니까요. 시인은 '보이는 세계'와 '보이지 않는 세계'를 넘나들어요. 처음에 "산짐승이 놓은 길", 그보다 더 "한참 오래전 하느님이 그어 놓았"던 길, 산의 실핏줄같이 가늘고 구불구불한 산길에서 사람 사는 이야기를 실감 나게 들려주잖아요.

오월의 나무 아래에는 등 굽은 노인이 있다//노인에게는 농기구처럼 굽은 손가락이 있다//노인의 손가락에는 잘 익은 검붉은 오디가 있다//시고, 달콤한, 대지의 애벌레 같은//오디의 어둠 속에는//첫 만남의 떨림이 있다//어린 열매를 고이 받아 든 나무뿌리가 있다//수로를 기어간 뱀의 구불구불한 길이 있다//뒤꿈치를 들고 지나간 발자국이 있다//열매의 홍분이 가라앉길 기다리는//새소리가 있다

—「오디의 계절」전문

「오디의 계절」은 보이는 세계를 통찰하면서 보이지 않는 세계를 드러내는 감각이 탁월해요. 등 굽은 노인으로, 노인의 굽은 손가락으로, 손가락에 있는 애벌레 같은 오디로 시선을 끌어당기더니 열매의 어둠을 채우는 대지의 떨림, 나무뿌리, 물뱀이나 발자국, 새소리를 오롯하게 맛보게 합니다. 노인과 오디가 자연스레 동화되면서 우리가 모르는 노인의 계절을, 어둡고 내밀한 세계를, "시고, 달콤한" 삶의 떨림을 느끼게 해요.

5

박태건 시인의 이야기들은 너무 과하지도, 그렇다고 부족하지도 않습니다. 적절히 간을 잘한 음식처럼 맛이 있어요. 그래서 그의 시는 마치 이야기를 읽어 주는 전기수처럼 우리의 감각을 흔들어 대면서 보는 맛, 듣는 맛, 먹는 맛을 선사해요. 그러면서 우리를 보이지 않는 세계 혹은 경험하지 못한 세계로 안내합니다. 그의 시적 공간은 현실에 뿌리를 둔 채 시 이미지를 확장하죠. 시적 화자는 '나'에게서 '당신'에게로 뿌리가 연결되고 '나'에게서 '옛사람'이나 '죽은 사람'에게로 뿌리가 닿아요. 다시 '나'에게서 '나'에게로 경계를 넘어 되돌아옵니다.

"세상의 끝 얼음 벼랑에 자라는 은단나무"(「은단 씹는 남자」)처럼 '나'는 어떤 경계에 서 있어요. 그 경계에서 이해할 수 없는 것을 인정하면서 물방울처럼 어딘가로 흘러가 무수한 당신들을 만나고 "절절한 기억을 기억하기 위해"(「걸어가는 사람들」) 걸어갑니다. 그는 "때론 견디면 견뎌진다"(「귀신사」)는 독경을 마음에 새기고 천 년 전 미륵사 탑이나 육백 년 산 군산 하제마을 팽나무, 고려인 마을에 마음을 전부 내어 줍니다. 그리하여 그는 "어떤 기억은 유적이 되고 어떤 울음은 닮는다"(「당신을 잃게 된다면」)는 것을, "어떤 기억은 지구보다도 무겁다는 것"(「수박의 꽃받침」)을 어떤 경계에서 깨닫습니다.

산 앞에선
산 너머를 생각하느라 골똘했다
그것은 벽
벽 너머 벽

(…)

외로울 때면
두고 온 벽을 생각한다
산을 등지면
산은 배경이 되었다
                              ─「고향 생각」 부분

어쩌다 박태건 시인은 '고려인'에게로 마음이 흘러갔을까요. 어떤 경계에 서 있는 시인의 감각은 '나'라는 슬픔의 무게만큼 '당신' 혹은 '우리'의 슬픔에 예민합니다. 개인의 고통에 흔들거릴 줄 알아야 흔적조차 희미해진 굴곡진 역사 속 옛사람들의 삶에 흔들릴 수 있잖아요. 그런 그가 광주에서 고려인들에게 매료된 것은 우연한 일이 아닙니다. 우리는 가고 싶어도 갈 수 없는 북쪽 나라가 있어요. 그 나라에 고향이 있다면 어떨까요. 시인은 고려인과 마음의 거리를 좁히더니 고려인의 입장이 되어 "벽 너머 벽", "두고 온 벽", "배경이 되었"을 벽을 생각합니다. 넘을 수 없는 벽을 배경으로 치환시켜야 그나마 견딜 수 있는 외로움이 되고, 이해할 수 없지만 인정할 수 있는 슬픔이 되니까요.

6

이듬해 봄에는 광주 고려인 마을에서 박태건 시인을 만나야겠어요. 우리는 "희고 따숩고 보드라운/만두"(「고려인 만두」)를 한 접시 시켜 놓고 만두가 나오기 전까지 헤어진 애인처럼 소식이 없었던 지난날들과 근황을 얘기해요. 저는 물방울을 닮은 그의 눈빛을 오래 바라보겠죠. 시인이 꿈꾸는 이상적인 시, 시인이 욕망하는 이야기를 듣고 싶어요. 시인은 "애쓰고 싶지 않은 마음에 열렬하게"(「근황」) 쓴 시와 삶 이야기를 다정하게 들려주겠죠. 저는 그의 시와 이야기 사이를 바삐 오가느라 만두를 다 못 먹을지도 몰라요.

그는 시편들을 모아 놓고 「시인의 말」에서 "꽃씨 속에는 어떤 색이 숨어 있는지/고목에 어떤 울음이 새어 나오는지" 모른다고 해요. 또한 "강물에 띄워 보낸/누이의 고운 눈썹이/어디쯤 흘러가는지" 모른다고 고백해요. 이 모름이 그의 호기심을 작동시키는 원동력이 되고 그가 관심 있는 낭랑하고 핍진한 삶에 대해 학교에서 가르쳐주지 않으니 "학교를 나오자 진짜 공부가 시작"(「근황」)된 거겠죠.

그의 공부는 끝없이 절실한 시를, 절절한 기억을 찾아가려는 욕망일지도 몰라요. 그러나 그는 "검붉은 버찌가 툭, 떨어지는/계절의 어디쯤을 생각하면/주위는 온통/흰빛"(「흰빛」)이라고 합니다. 시인은 통감하지 않고선 보이지 않거나 볼 수 없는 그 "흰빛"을 발견합니다. 그 발견은 외로운 영혼이 욕망의 손을 잠깐 놓거나 놓치는 순간 나타난 게 아닐까요. 우리의 삶은 언제든 툭, 떨어져도 이상하지 않잖아요. 그는 단 한 번뿐인 삶 속에서 죽음의 그림자를 생각해야만 피고 지는 꽃을 볼 수 있고 그나마 삶의 고통을 견뎌 낼 힘이 생긴다고 사유해요. 오죽하면 그는 "나 죽으면 꽃밭에 묻어 줘"(「나 죽으면」)라면서 "죽은 뒤"(「낙랑」)까지 생각할까요. 그는 남은 날들을 세어 보며 "살아갈 힘만큼/흔들리는 봄날"(「봄, 병동 정원」)을 볼 수 있는 시인입니다.

올해로 제가 그의 '이름'을 안 지 29년째가 됐어요. 그의 시편들을 읽으면서 저는 그에 대해 너무 몰랐구나, 생각했어요. 제 기억에는 '좋은 형' 이미지가 안개처럼 자욱합니다. 그의 시편들을 읽어 보니 사랑을 갈망하는 외로운 형, 모두의 이야기에 눈물을 머금을 줄 아는 형, 지난날들을 반추하고 반성하는 너무나 인간적인 형……정오가 되면 안개가 사라지듯 시편 곳곳에서 제가 모르는 형이 서서히 나타났습니다. 그는 여전히 좋은 형이면서 좋은 시인입니다. 만약 그의 시편들을 만나지 못했다면 저는 좋은 형, '박태건'만 기억할지도 몰라요. 조금 수정할 제 기억은 이렇습니다. 박태건은 지상에서 가장 낮은 곳에 앉아 어두운 저 뒤편의 존재를 응시하고 "신의 눈물"(「나바위 성당 팔각 창문 아래서」)을 들이키며 벌서는 나무처럼 하늘을 올려다보는 시인입니다.

7

봄날에 술 한잔해요. 「백아산 막걸리를 생각하는 밤」에 나오는 구절처럼 "오늘은 취해/항아리 안에서 잠들어도 좋"다면서 "우리는 마지막 술을 나눠 마시고 이야깃거리를" 찾다가 잠깐씩 침묵해도 좋아요. 술에 취한 말들의 나라에서 그의 불콰해진 얼굴만 봐도 흥이 날 테니까요. 저는 시 한 편 낭송할게요. "한 편의 절실함도 없이/한 방울의 눈물도 없이/사는 것은/사는 게 아니지//시인은/한 모금의 물을 마시고/한 자루의 칼을 얻어/새 한 마리/날려 보낸다//허공이 온통/핏빛이다"(「1에서 0으로」) 우리 취한 목소리로 슬픈 사랑 노래도 불러요.

고려인 만두

2025년 12월 24일 1판 1쇄 펴냄

지은이   박태건
펴낸이   김성규
편집   조혜주 최주연 권은하 한도연
디자인   신혜연
펴낸곳   걷는사람
주소   경기도 용인시 기흥구 동백중앙로 358-6, 7층 (본사)
          서울 마포구 월드컵로16길 51 서교자이빌 304호 (지사)
전화   031 281 2602 / 02 323 2602
팩스   02 323 2603
등록   2016년 11월 18일 제25100-2016-000083호

ISBN 979-11-7501-045-1 04810
ISBN 979-11-89128-01-2 (세트)

* 이 시집은 (재)전북특별자치도문화관광재단 '2025 문화예술육성지원사업'에 선정되어
  보조금을 지원받아 제작되었습니다.
* 이 책 내용의 전부 또는 일부를 재사용하려면 반드시 지은이와 출판사의 동의를 얻어야
  합니다.
* 잘못된 책은 교환해 드립니다.